MEIYOU ERDUO DE TUZI

没有耳朵的兔子

[德] 克劳斯·鲍姆加特　蒂尔·施威格　著
王　星　译

接力出版社
Publishing House

天底下有

胖耳朵、

瘦耳朵、

长耳朵、

方耳朵、

和弯耳朵的兔子。

圆耳朵

短耳朵、

还有一只没有耳朵的兔子。

不过，任何一只兔子会做的事情，他都会。

他会嗖的一下从这边跑到那边……

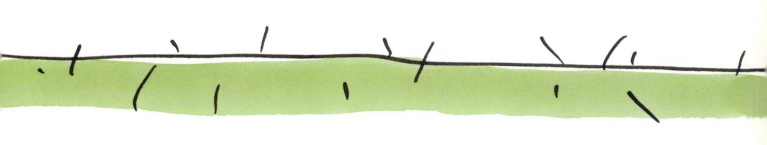

再嗖的一下从那边跑回这边……

他跳得跟其他兔子一样高。

他挖的洞一点儿都不比其他兔子挖的洞浅。

他还能在一眨眼的工夫吃光一座巨大的胡萝卜山。

而且藏猫猫时他总是第一名。

有耳朵的兔子

没有耳朵的兔子

即使这样，也没有一只兔子愿意跟他玩儿。

他们说，一只真正的兔子总该有耳朵呀！

就连狐狸都没兴趣追他。

狐狸只喜欢追有耳朵的兔子。

没有耳朵的兔子总是孤孤单单的。

有一天，没有耳朵的兔子捡到一个蛋。

他到处贴满寻物启事：捡到一个蛋！

其他的兔子都笑他说:"瞧,没有耳朵的兔子会生蛋了!"

没有耳朵的兔子心想:真是一群坏兔子!

他拖着沉重的脚步慢慢地走回家。他一直等待着蛋的主人来认领。可是,谁都没来。

门铃倒是响过一次,可真不巧,那会儿没有耳朵的兔子正忙着呢!

他把蛋送到了失物招领处，但
没有一个人对蛋感兴趣。

坐在写字台后面的男人一脸坏笑地对没有耳朵的兔子说："嘿，看样子，你好像把自己的耳朵给弄丢了。如果有谁捡到，我们会立刻通知你！"

　　没有耳朵的兔子心想：真是个坏家伙！他只好带着蛋回家了。

没有耳朵的兔子在网上查了查，他发现那些从蛋里孵化出来的动物，耳朵都非常小，看起来就跟没有耳朵似的。

他想：太好了！这些从蛋里孵化出来的动物肯定不会笑话我！

从那天开始，他就和蛋再也不分开了。

他给蛋读自己最喜欢的书。

教蛋游泳。

带蛋看最时尚的艺术。

晚上，他和蛋一起看吓人的电影。

然后，和蛋一起睡觉。

　　没有耳朵的兔子非常非常疼爱蛋，他担心蛋会着凉，就给蛋织了一顶小帽子。

他为了让蛋呼吸到新鲜的空气，就带着蛋去爬山。

蛋宝宝一天天长大，

而且变得越来越重。

有一天，没有耳朵的兔子
一不小心……

他心里着急地喊着：哎哟！

一只小鸡站在他面前，傻傻地看着他。
"啊！怎么长着两只耳朵？"
没有耳朵的兔子失望极了。

小鸡轻轻地叫着："叽叽！叽叽！"
小鸡轻轻地抱了抱没有耳朵的兔子。

没有耳朵的兔子和两只耳朵的小鸡成了好朋友。

从那天起，没有耳朵的兔子觉得，

有没有耳朵已经一点儿都不重要了。

只是藏猫猫的时候，耳朵就成了大麻烦了！

两只耳朵的小鸡

没有耳朵的兔子

桂图登字：20-2010-069

Keinohrhase und Zweiohrküken
© 2009 Baumhaus Verlag GmbH, Bergisch Gladbach and Cologne
Based on ideas and characters from the movies „Keinohrhasen" und „Zweiohrküken" by Til Schweiger
© Text and Illustrations: Klaus Baumgart
© Barefoot Films GmbH/Warner Bros. Entertainment GmbH

本书中文简体字版权由北京华德星际文化传媒有限公司代理

图书在版编目（CIP）数据

没有耳朵的兔子／（德）鲍姆加特，（德）施威格著；王星译. —南宁：接力出版社，2015.7
ISBN 978-7-5448-4050-7

Ⅰ.①没… Ⅱ.①鲍…②施…③王… Ⅲ.①儿童文学－图画故事－德国－现代 Ⅳ.①I516.85

中国版本图书馆CIP数据核字（2015）第148807号

责任编辑：胡 皓　美术编辑：卢 强　责任校对：王 静
责任监印：刘 元　版权联络：董秋香　媒介主理：张 迪
社长：黄 俭　总编辑：白 冰
出版发行：接力出版社　社址：广西南宁市园湖南路9号　邮编：530022
电话：010-65546561（发行部）　传真：010-65545210（发行部）
http://www.jielibj.com　E-mail:jieli@jielibook.com
经销：新华书店　印制：北京盛通印刷股份有限公司
开本：889毫米×1194毫米 1/16　印张：3.5　字数：20千字
版次：2015年7月第1版　印次：2015年7月第1次印刷
印数：00 001—10 000册　定价：32.00元

关于作者

克劳斯·鲍姆加特，多年来一直致力于儿童图书的艺术创作，《劳拉的星星》是他的成名作，凭借这部作品他跻身于世界最优秀的童书作家行列。1990年以《小怪物》和《被抓住了》获得奥地利青少年图书奖提名，1994年《小怪物》一书获得了"金书奖"，1999年《劳拉的星星》一书获得了英文奖项"儿童图书奖"。2006年，《劳拉的圣诞星》在奥地利"年度最受欢迎的图画书"排行榜中名列榜首。《劳拉的星星》已被改编为电影。

蒂尔·施威格，德国影坛最炙手可热的才子。他于2007年自制、自编、自导兼自演的电影《没有耳朵的兔子》获得影评人与观众的一致好评，创下德国影坛票房佳绩，获得德国斑比奖、巴伐利亚电影奖以及德国喜剧奖等6项大奖。